建筑师

诗书画印唱和

叶依谦　何玉如　吴亭莉　文跃光　著

中国城市出版社

图书在版编目（CIP）数据

建筑师诗书画印唱和 / 叶依谦等著 . —北京：中
国城市出版社，2023.8
ISBN 978-7-5074-3629-7

Ⅰ . ①建…　Ⅱ . ①叶…　Ⅲ . ①文艺—作品综合集—中
国—当代　Ⅳ . ①I217.1

中国国家版本馆 CIP 数据核字（2023）第 144002 号

　　诗书画印的合体是中国传统艺术中独树一帜的艺术形式，它与西方艺术不同，自成体系，它将文字的诗性、书法的挥洒、绘画的意境和印章的深刻融为一体。全书按"长者""华年""生灵""意境""佳肴"分作五个板块，内容不同，表现方式也各有特点，尤其装帧精美，体现了新的一代建筑师在美学和艺术表现上各自的追求。

　　全书可供广大建筑师、建筑艺术爱好者等学习参考。

责任编辑：吴宇江　陈夕涛　刘颖超
责任校对：王　烨

建筑师诗书画印唱和

叶依谦　何玉如　吴亭莉　文跃光　著

*

中国城市出版社出版、发行（北京海淀三里河路 9 号）

各地新华书店、建筑书店经销

华之逸品书装设计制版

北京富诚彩色印刷有限公司印刷

*

开本：850 毫米 ×1168 毫米　1/16　印张：16　字数：495 千字

2023 年 9 月第一版　　2023 年 9 月第一次印刷

定价：**198.00** 元

ISBN 978-7-5074-3629-7

（904643）

代序：
诗书画印熔一炉

建筑师何玉如、吴亭莉、文跃光、叶依谦（以上按年龄排序）准备出版一册《建筑师诗书画印唱和》，嘱我作序。面对琳琅满目的各色作品，首先是学习，然后再谈一些学习体会。

最近看到英国一个网站（Think Student）对学生进行的民意调查，评出了"英国大学年度最难学十大专业"，从低到高的排序是：经济学、计算机科学、美术、医学和牙科、生物化学、天体物理学、法学、化学工程、航空航天工程、建筑学。估计很多人看过这个排名，把建筑学排最难学科可能会言过其实。此前还看过另一个排名，最难学的专业排名第一是医学，第二是建筑学。然而在时下的国内，却接连出现了各种疑问："曾经辉煌的建筑学专业，如今到底值不值得报？""建筑学是坑还是福？""怎么能抛开就业来说一个专业好坏呢？"还有的人提出"如人饮水，冷暖自知"。建筑学专业和建筑师职业已成了一个热门话题。

如果从"境由心造"的角度出发，是好是坏、是贫是富、是冷是暖、是难是易，这都是由个人主观感受决定的。《建筑师诗书画印唱和》一书就是作者们抛去更多功利的追求，以心造境，将高情逸思通过诗书画印体现建筑师的情操和品位，这也是从业余爱好的角度对建筑师这个职业的诠释。

四位建筑师都是我在北京市建筑设计研究院的多年同事，何玉如总85岁，吴亭莉总82岁，文跃光总63岁，叶依谦总52岁，其中前三位已退休，最后一位还在职。他们在建筑设计专业上各有成就，都为业内所熟知。早在2008年，何玉如、吴亭莉夫妇就出版了《轻诗淡墨集》，并说明"这些诗虽不是严格的合辙、押韵及对仗工整，但构思精巧，叙事真切，诗句通俗上口，风格轻松愉快，故取名'轻诗'""作为书法爱好者，人虽老，书未必老""仍然在'既隶又篆，非隶非篆，异体同势，古今糅杂'的方向坚持着""'诗配画'多是为了锻炼大脑，丰富退休生活的戏作"。《轻诗淡墨集》从2008年到2019年，先后出版了三集，吴亭莉的诗、何玉如的字，其内容丰富、题材多样，深受业内人士和诗书爱好者的欢迎。叶依谦对绘画艺术专注良久，早在微信公众号"来来小筑"上陆续发表电脑画作，他有扎实的基本功，题材多样，手法也日趋娴熟，在光影、色彩等表现手法上的追求已为大家熟知。文跃光于篆刻更是由来已久，尤其退休之后，更能全心投入。篆刻始于周秦，重兴于明清，其历史悠久，并讲究篆法、章法、刀法。而文跃光师承浙皖西泠名家，而且封泥古籀、铁线鸟虫、朱白均擅，可称"神与古会，镌以致用"。这四人诗书画印的配合互鉴，合璧联袂，使得本书更有一番情趣。

诗书画印的合体是中国传统艺术中独树一帜的艺术形式，它与西方艺术不同，自成体系，被认为是"以多元的艺术特征融为一体，交相辉映""将文字的诗性、书法的挥洒、绘画的意境和印章的深刻容纳进来"，从苏轼、赵孟頫、文徵明、郑板桥，到近世的吴昌硕、齐白石都对此作了重要的探索和开拓，从而在四种艺术形式的相互交融、画龙点睛、加深意趣、启发想象上起到了极好的引领作用，形成了艺术形式的凝聚和精练。

由于职业和专业的需要，特别是精神和美学上的追求，加之个人的兴趣爱好，前辈建筑师们在专业之余，在诗书画印上都有突出的成就，给后人以极好的示范和启发。诸如林徽因、徐尚志、郑孝燮、陈从周、汪国瑜等先生的诗，徐尚志、吴良镛等先生的书，童寯、杨廷宝、梁思成、吴良镛、陈从周等先生的画，朱畅中、黄宝瑜等先生的印等都达到了极高的专业水准，以上各先生之所长已多有专集问世。唯朱畅中先生的印，过去鲜为人知。其实早在1941年中央大学学习时，朱先生即与艺术系、建筑系的同好组织了"阆社"，出版《金石录》壁报，由名师傅抱石先生指导，一时印风兴盛，异彩纷呈。朱先生刀耕不辍，作品端庄、遒劲、爽利。1998年先生辞世的时候，清华大学出版了《朱畅中先生印存》，收入印拓三百余方，也是建筑界一大盛事。

这本《建筑师诗书画印唱和》筹备多时，全书按"长者""华年""生灵""意境""佳肴"分作五个板块，内容不同，表现方式也各有特点，尤其装帧精美，体现了新的一代建筑师在美学和艺术表现上各自的追求。据我所知，建筑界中此等同好甚多，不少同辈人已有专集问世。相信本书的出版，将会进一步推动建筑师们在专业设计之余的其他艺术创作，也有助于同行及爱好者们之间的交流切磋。

马国馨
中国工程院院士
全国勘察设计大师
北京市建筑设计研究院顾问总建筑师
2023年2月

自序一：
轻诗·消闲

    我自幼受家庭影响，对中国古诗词比较感兴趣。但大学建筑学专业属于工科，所以我的语文水平仅停留在高中阶段，对中国文学中古诗词的学习、了解很肤浅，仅有时见景生情，写上几首诗词以记录当时的情景和感受。因为是业余的，所以顾忌较少。这些诗虽基本押韵，但诗律、词谱均不规范。

    我和叶依谦曾一同在北京市建筑设计研究院三所（现为三院）共过事，比较熟悉。他的电脑画画得太精彩了！所以我就萌生了为他的画配诗的念头，因是熟人，故所配之诗好坏对错均不计较，只当作业余消遣。本人自知作诗水平有限，所以拉上何玉如以书法抄录作"捆绑式推销"，这一"组合障眼法"效果还不错。

    我的配诗多以"五言"为基本诗律，填词也选字数较少的词牌，短小的诗词比较符合现代生活的快节奏。叶依谦的画每幅皆为佳作，所描绘的人物（尤其是老人）、动物、植物、食品等栩栩如生，令人称绝！我仅选了其中一小部分有感而发，内容多为贴近日常生活的、轻松幽默的、容易引起情感共鸣的题材，诗（词）的风格也力求质朴、明快，配诗尽量契合画意，使人读后能够心情愉悦。

    以唐诗、宋词为代表的中国古诗词是几千年传承下来的中华民族无比珍贵的文化遗产，是我国文学宝库中璀璨夺目的明珠。衷心希望中国古诗词能够被一代代吟诵流传，让人们感受其独一无二的文学魅力并古为今用，发扬光大。

吴亭莉

教授级高级建筑师

北京市建筑设计研究院三所原副所长

2023年2月

自序二：

淡　墨

本书《建筑师诗书画印唱和》中，我是"书"的作者，是"诗"作者所说的"被捆绑者"。这个角色通常是可有可无的，而且很可能沦为"无趣的抄写者"。

但我却是颇有兴趣，乐此不疲。

原因是：

"画"太美，太精彩了。它感动着我，激励着我。在这以前，我几乎没有见过这样的"电脑画"。对于在大学期间也曾上过三年美术课的我来说，太有新鲜感了。但本人已年过八十，恐怕很难再弄懂这其中的奥妙，更谈不上能够掌握如此高深的技艺了。

"诗"均为原创，通俗易懂，贴近生活，不仅能把画意解读一番，而且还能引申更深层次的寓意，其中不乏有趣、诙谐。这对八旬高龄的退休者来说，实属不易。

"印"的作者刚退休两年多，已经创作了近千方各种风格的印章。他由原来的优秀建筑师，转而成为北京市京华印社的理事，他的"印"突出了画的主题，起到了点睛的作用。

"画""诗""印"，三者都很美，我以"书"的身份参与其中，自然是一种幸运和乐趣。

我从小喜爱书法，退休后重拾旧好。几年前，我也曾为吴亭莉抄写过她的诗词。

如果我的"书"能与"画""诗"和"印"做到相辅相成，本人也就乐在其中了。

何玉如

全国勘察设计大师

北京市建筑设计研究院顾问总建筑师

2023年2月

自序三：
小 画

绘画是我自幼的爱好，可以用一颗稚嫩的心和一支稚嫩的笔来描摹世界。因为喜欢画画，所以进入建筑学专业学习，这是顺理成章的选择。虽然大学期间接受过系统的美术教育，但是工作后很长一段时间没有再拾画笔了。

因为工作需要，十几年前开始使用平板电脑勾勒设计草图，这个平板电脑工具既便于携带也便于构思的传递和交流，它成了我随身必备的物件。工作之余，我就在平板电脑上涂鸦，不经意间重拾了对于绘画的兴趣。

深知水平有限，我将自己定义为业余绘画爱好者，却也因此毫无束缚，信马由缰随心地画。我画的大多是人物、小动物、食物、植物等身边生活里的题材，不受技法和风格的限制，随手记录下日常的点滴与感触。作为工作紧张而繁忙的建筑师，绘画既是一种精神的放松，也是一种情感的表达，更是一种难得"自在"的状态。

何玉如、吴亭莉伉俪，既是我的师长也是我的朋友。1996年进入北京建院工作后，我曾经分别在二位先生的指导下工作和学习。吴亭莉女士热爱诗歌创作，何玉如先生则是书法大家。承蒙他们的抬爱，并以我的画为引子进行诗书合奏，诗书画放在一起，平添了文化格调。文跃光先生是我的多年同事，长于篆刻，在他2021年加入后，就有了"建筑师诗书画印"唱和的完整格局。

本书收录的作品，选自2019—2022年在我夫人焦舰女士打理的微信公众号"来来小筑"上连载的内容，这次重新编辑、整理并结集出版，既是对三年多时间"建筑师诗书画印"唱和成果的记录，也是对何玉如、吴亭莉、文跃光三位朋友的致敬！

叶依谦
教授级高级建筑师
北京市建筑设计研究院有限公司执行总建筑师

自序四：
闲　刻

前两年，偶然读到北京建院"两代建筑师诗书画唱和"，便萌生以"印"再和之念，承蒙前辈、同仁应允，后参与其中，乐此不疲，在此感谢！

书中的诗、书、画、印，都是建筑师的个人爱好，常言道"有好都能累此生"，建筑师的爱好确累此生，但"乐其所好"。书中生动的画面、优美的诗句、清秀的墨迹，是建筑师真性情的体现，如当下快节奏生活中的一缕轻风，清新愉悦。

篆刻艺术可供小众欣赏。本人作为建筑师搞篆刻，虽有师点拨，但也属个人爱好。正因如此，便少了些约束，可以放任闲刻，好在大千方寸本无定法，审美相通，快乐便好。本人为"诗书画"配印百余方，其中有临刻前辈篆刻大家的名印，也有个人风格杂乱的拙作和兴趣所致的图案印，只当是建筑师"跨界"的自娱自乐，不必较真。因本人治印水平有限，难免有误，望同仁指正。

文跃光

国家一级注册建筑师

北京市建筑设计研究院有限公司副总建筑师、第一设计院原副院长

2023年2月

目录

长者

一

老翁携老伴，同驶电单车。
风大忙扶帽，哈啰好快活。

耄耋银发妇，岁月画深纹。
风栉凝慈目，雨沐养善心。

九曲十八弯，甜咸苦辣酸。
人生如过戏，长叹仰苍天。

老翁背双筒，猎犬绕身从。
欲展当年勇，飞枪射大鸿。

闭目徐抬手，名师卡拉扬。
刚柔音附体，仙乐绕厅梁。

叼烟大衣客，礼帽压眉低。
笃信指间物，内中有玄机。

扶肩牵紧手，风雨数十秋。
随曲轻移步，相陪舞白头。

客君何事恼，买醉睡昏沉。
苦短人生路，珍惜寸光阴。

二胡

胡琴舶来品，国乐主角当。

哀怨江河水，欢庆喜洋洋。

银发飘飘者，当年一名优。

韶光虽流去，演技冠头筹。

独立不惧

老骥伏槽枥，夕阳染晚霞。
挑灯书往史，侍伴一杯茶。

埃派信手敲，爷爷赶时髦。
欣知天下事，老友越洋聊。

此棒全球闻，挥来名曲魂。
音乐无国界，敬重小泽人。

一担肩两箩，壮汉背微驼。
顶日匆匆赶，家催米下锅。

头戴灰呢帽，闲叨雪茄烟。
目光如利剑，世事皆洞穿。

如梦令·老叟像

须白发银眉寿，岁月精雕纹皱。
睿智闪双眸，似将人生参透。
优秀，优秀，绘者功底深厚。

红帽小模特，乖乖立街边。
爷爷支画板，绘尔好容颜。

岁月如歌

红帽小模特，乖乖立街边。
爷爷支画板，绘尔好容颜。

炎日行渔者，鱼担压汗肩。
急奔赶集市，自钓保生鲜。

自 强

炎日行渔者，鱼担压汗肩。
急奔赶集市，自钓保生鲜。

華髮遮軍帽，落寞吐煙人。
年邁仍勞作，後生多棄村

偷得浮生半日閑

华发遮军帽，落寞吐烟人。
年迈仍劳作，后生多弃村。

紙媒呈退勢，受眾老人群。
字體何其小，廣告難辨真

读无字书

纸媒呈退势，受众老人群。
字体何其小，广告难辨真。

白衫一老者，灯映红围裙。
眼镜额头架，精雕铸匠魂。

拙 匠

甘苦人生路，相陪数十秋。
夕阳无限好，牵手到白头。

归来依旧是少年

风霜刀刻脸，岁月抹妆容。
项珠随身佩，虔诚祈太平。

太平吉祥

面慈心善相，博识一高僧。
寺刹清洁地，难容贾垢蒙。

福缘善庆

红扇折叠椅，一身白短装。
阿翁庭院坐，消夏话家常。

平平凡凡

巾围霜发顶，岁刻耄耋颜。
家国遭涂炭，何日止烽烟。

何日止烽烟

墨镜额头戴，防菌口罩蒙。
目晰幽默显，白发老顽童。

落齿风窗又少年

喜闻油墨味，年暮爱书香。
如玉红颜驻，黄金宝厦藏。

时还读我书
临刻篆刻大家赵之琛印

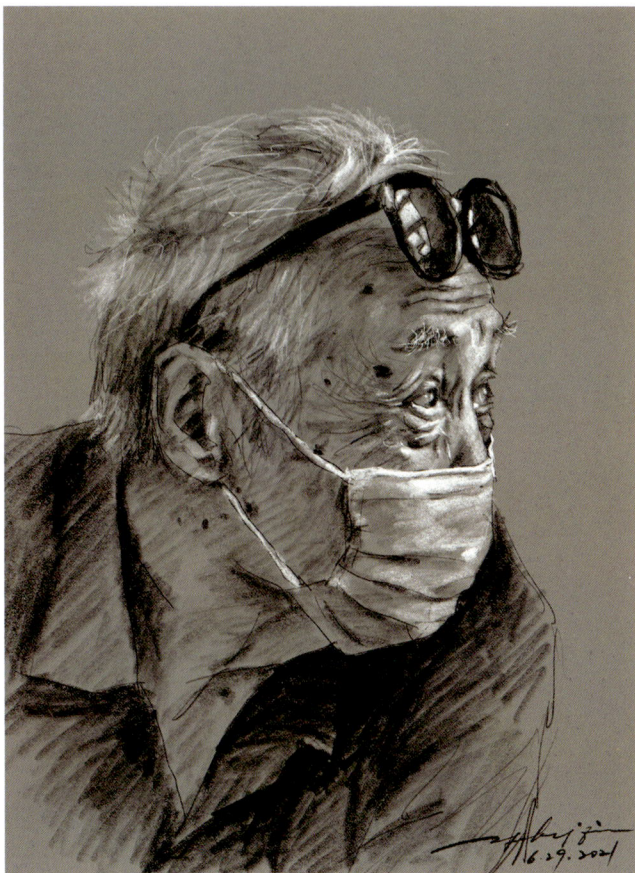

华发一老汉，赤脸蓝衣衫。
累月辛劳苦，得闲点口烟。

如是安心

梨园常票戏，妆美艺精深。
忠勇神谋士，花亭月下人。

园丁墨戏
临刻篆刻大家吴昌硕印

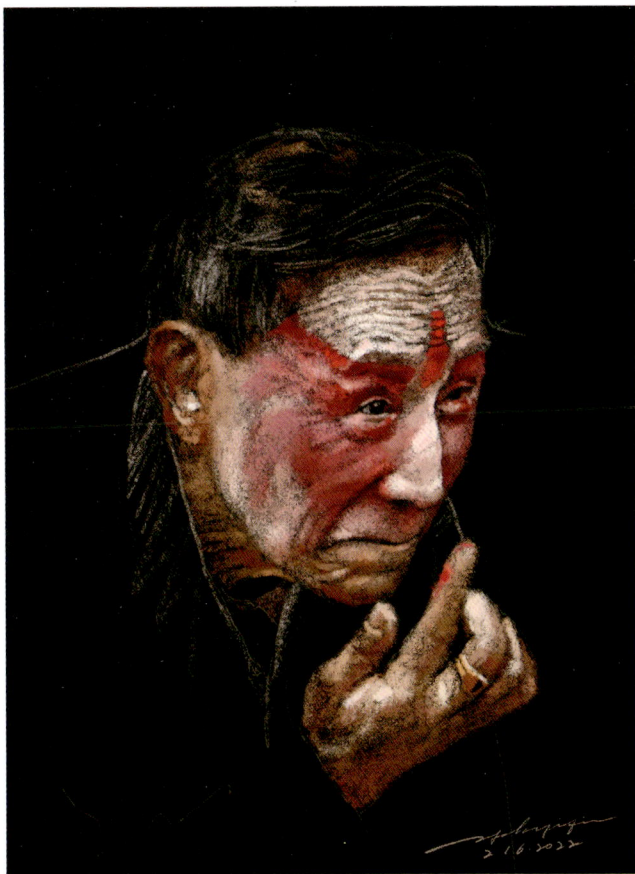

辛劳数十载，青发变银丝。
效国无求报，忧思夜静时。

白发书生
临刻篆刻大家胡唐印

奔波谋事苦，筵酒竞交觚。
烟瘾难长戒，神劳发渐疏。

足吾所好玩而老焉
临刻篆刻大家吴让之印

酒足饭又饱，满嘴火车跑。
京城大小事，侃爷无不晓。

抗击疫情

未联 Wi-Fi 网，未购智能机。
数字鸿沟宽，老人被弃离。

难得糊涂

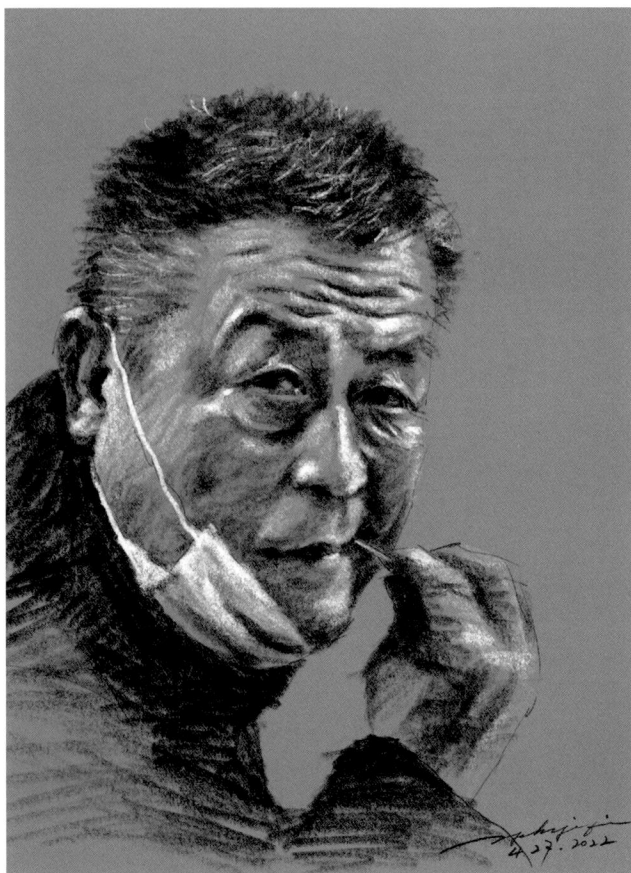

須发无心理，目光透盼期。
疫魔消遁走，城市焕生机。

岁月如歌

卜算子·阿兰德龙

影界众明星，当属阿兰酷。
俊朗英姿万粉追，光彩夺人目。
魂附佐罗身，惩恶均贫富。
退隐离尘谢幕归，潇洒余生路。

独 往

此生蹉跎过，练就一杠精。
无理三分搅，是非不辨清。

学吃亏
临刻篆刻大家赵叔孺印

短短灰白发，长长法令纹。
圈圈深度镜，妥妥教书人。

一片冰心在玉壶

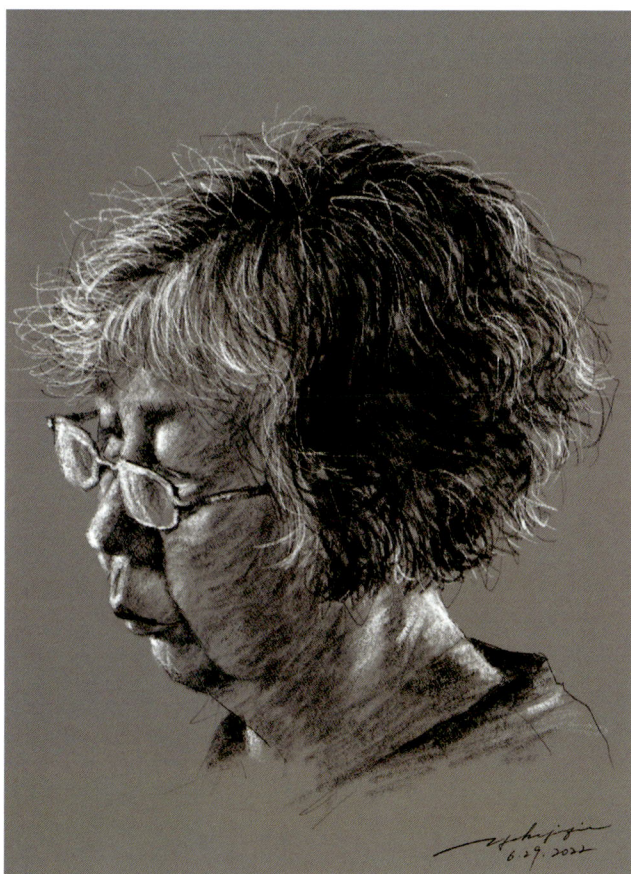

如梦令·鬐叟

稀发宽额鬐叟，飘洒长须遮口。

画界老神仙，笔落鸟飞云走。

高手，高手，国宝鹤龄松寿。

寿

临刻篆刻大家赵叔孺印

华年

一

寶寶吃冰筒，周圈抿幾回。
童情實可愛，竹馬繞青梅。

宝宝吃冰筒，周圈抿几回。
童情实可爱，竹马绕青梅。

弟弟玩滑板呼，呼兩耳風人生，初體驗速度，與激情

弟弟玩滑板，呼呼两耳风。
人生初体验，速度与激情。

蓬头一小弟，独自蹲池边。
持叶拨涟漪，鱼儿可喜欢？

头梳两羊角，红鞋配绿袄。
小手洗白白，可爱又乖巧。

媽媽不要走，寶寶要抱抱。
我有多傷心，你們卻在笑。

妈妈不要走，宝宝要抱抱。
我有多伤心，你们却在笑。

無桌方椅代，刻苦讀書郎。
寒境出良木，砺磨大棟樑。

无桌方椅代，刻苦读书郎。
寒境出良木，砺磨大栋梁。

竹笛

断竹穿数孔，舞指气吹声。
三弄梅花曲，百鸟朝凤鸣。

蓝帽蓝裙装，背包紧靠墙。
捧书一稚女，瀚海任徜徉。

行转转，走停停，
弟弟拉只胖木熊。不畏严寒勤锻炼，
众人夸赞好儿童。

岁月静好

捣练子·好儿童

行转转，走停停，
弟弟拉只胖木熊。不畏严寒勤锻炼，
众人夸赞好儿童。

晴窗一日几回看

小妹妹，跪窗沿，
手按玻璃望路边。
期盼爸妈归来早，
少些应酬少加班。

天水嵌夕照，彤云映海蓝。
红裙凉帽妹，戏踏白沙滩。

天水丹云

茵茵铺绿草，点点缀山花。
姐弟争相采，春天带吾家。

别来春半

白翅黑头鸟，抢啄冰淇凌。
童禽嬉戏乐，民众盼和平。

意刻毕加索和平鸽

南歌子·心盼

漠望空庭院，轻推老木门。
女娃红袄配黑裙。
只盼解封返校好开心。

知足常乐

细妹花冠戴，珠悬翠露滴。
锦乡蝶曼舞，佳境凤来仪。

希望

捣练子·发辫翘

发辫翘，口微张，
两手前伸草里蹚。
过路行人别作响，
小心惊跑纺织娘。

无地不乐
临刻篆刻大家蒋仁印

神兽速归笼

神兽速归笼

一帖返园令，神兽速归笼。
宝贝非情愿，家长乐轻松。

一真一切真

餐厅独坐客，外套未脱身。
帽下青春脸，焦急等女神。

街边小桌旁，闲坐白富女。
姣好修长身，脸遮帽荫里。

如梦令·仪仗兵

头顶金盔遮目，皂履红衫白裤。
仪仗队兵哥，俊朗挺拔英武。
真酷，真酷，吸引粉丝无数。

夜深人静后，偷点一支烟。
明晓吸疾害，缘何戒瘾难。

三 省

小伙高墙坐，众惊快下来。
诸君皆莫恐，外景正开拍。

潮女休闲坐，宅家少应酬。
素颜发不理，约友网云游。

跨坐栏杆外，独观万户灯。
疫魔终遁走，前路已渐明。

逆行奔一线，医者尽天职。
纪念留张影，重逢会有时。

雨顾擎红伞，背包七彩横。
帽衫乞丐裤，大步奔前程。

功夫刀马旦，智勇史留名。
击鼓梁红玉，擒敌穆桂英。

女慕贞洁

姣美俏花旦，端庄大青衣。
百年凝国粹，京剧世非遗。

寄情于此

三顾出名相，摇羽定乾坤。
几多英雄泪，从古流至今。

男效才良

三顾出名相，摇羽定乾坤。
几多英雄泪，从古流至今。

大写人生

生旦净末丑，须生主角担。
舞台乾坤大，经典永承传。

铜锤大花脸，戏角多猛刚。
断案神包拯，别姬楚霸王。

非遗制造

飞腾身矫健，篮灌有如神。
炫秀明星赛，球迷亿万人。

星光

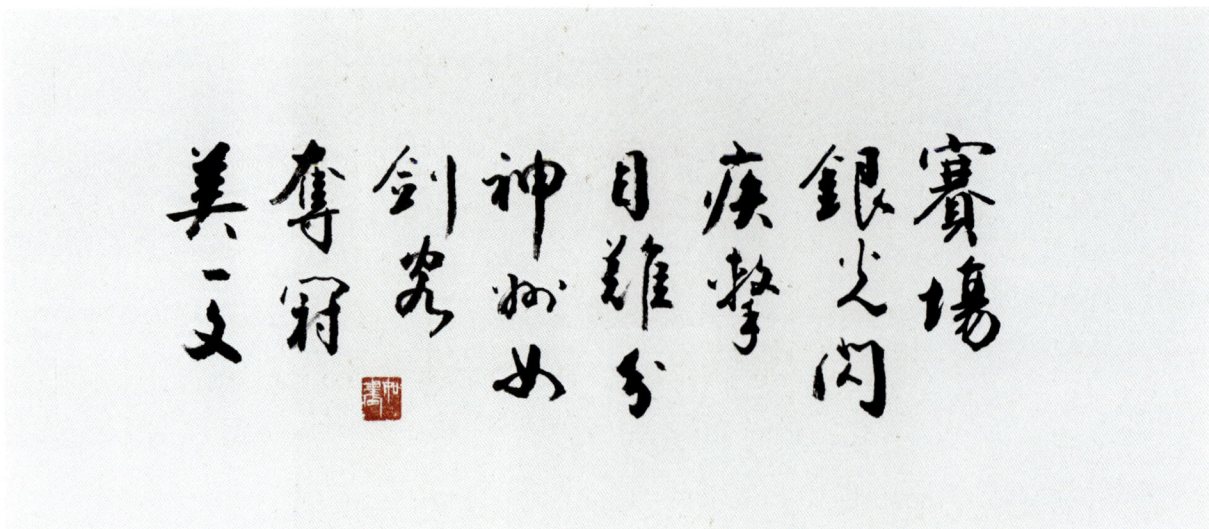

赛场银光闪，疾击目难分。

神州女剑客，夺冠美一文。

注：孙一文获东京奥运会女子重剑冠军

一剑独尊

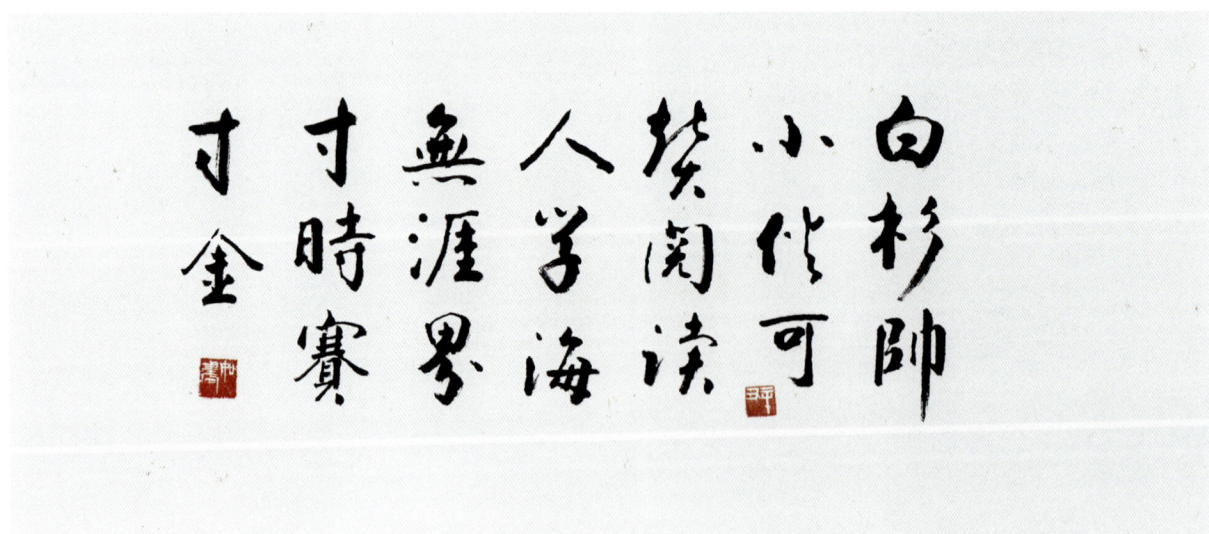

白衫帅小伙，可赞阅读人。

学海无涯界，寸时赛寸金。

苟日新

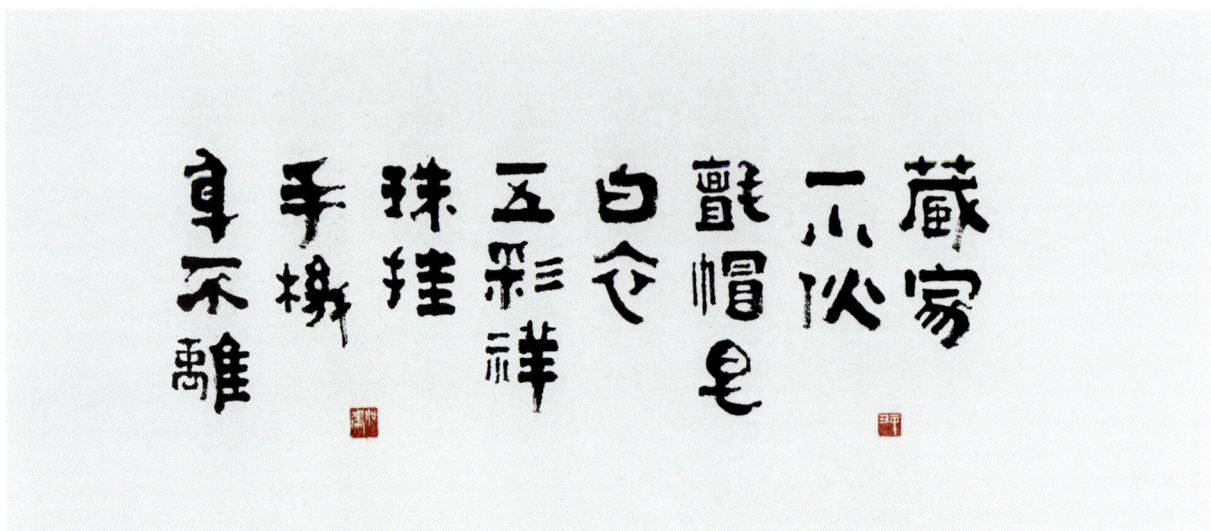

藏家一小伙，毡帽皂白衣。
五彩祥珠挂，手机身不离。

自问心如何
临刻篆刻大家归世昌印

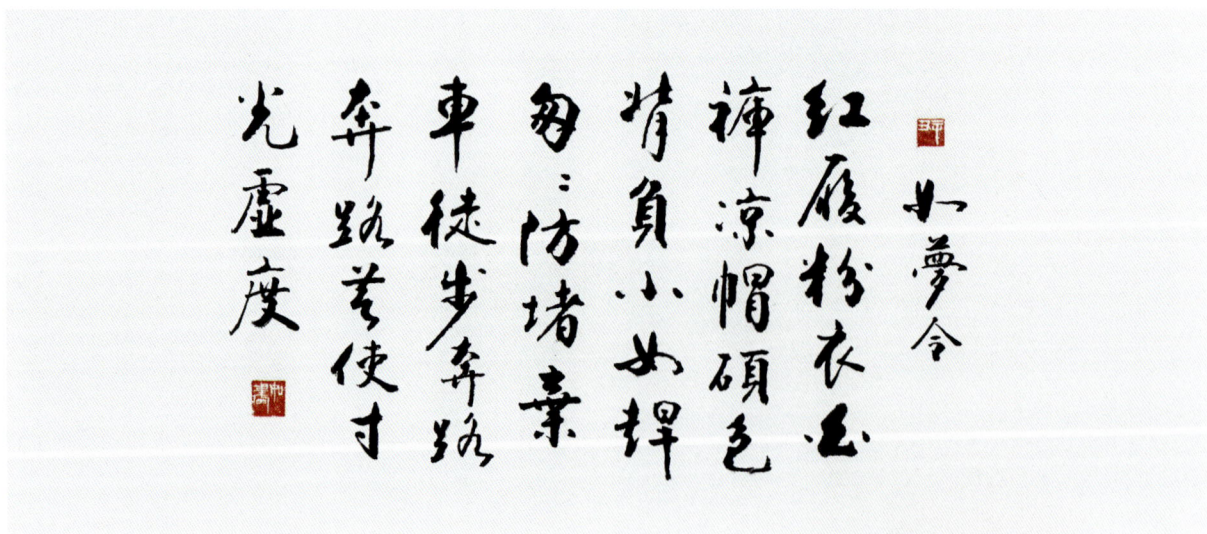

如梦令·小女

红履粉衣白裤，凉帽硕包背负。
小女赶匆匆，防堵弃车徒步。
奔路，奔路，莫使寸光虚度。

寸阴是竞

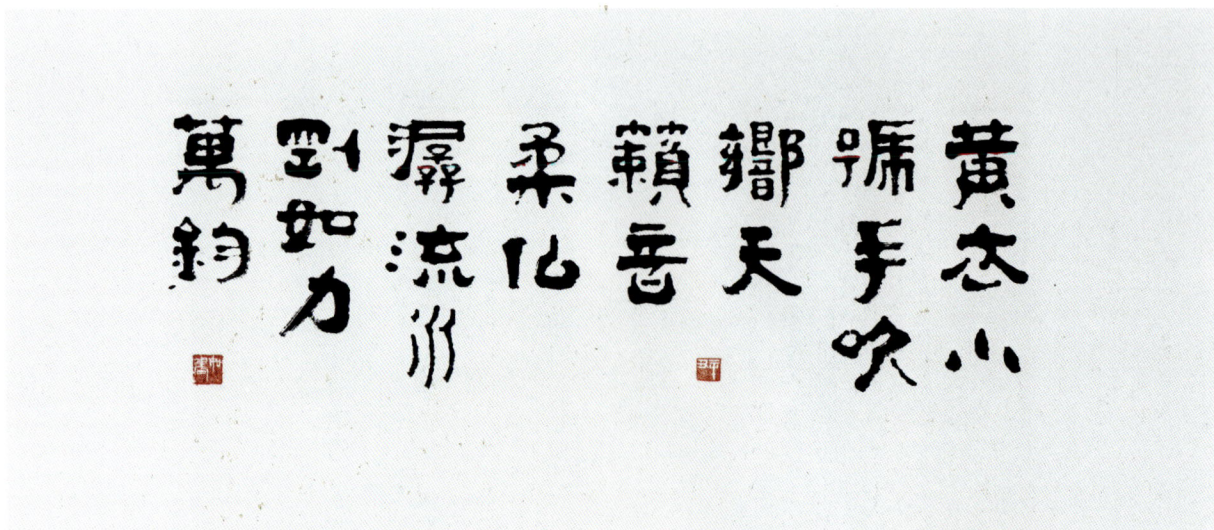

黄衣小号手，吹响天籁音。
柔似潺流水，刚如力万钧。

从心所欲
临刻篆刻大家杨晋印

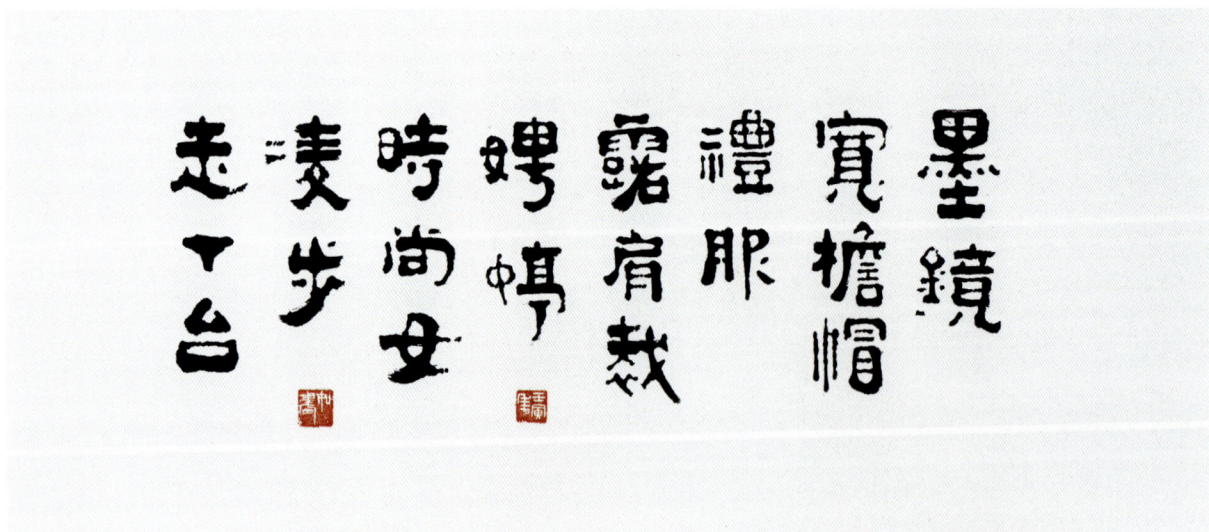

墨镜宽檐帽，礼服露肩裁。
娉婷时尚女，凌步走T台。

清风自来

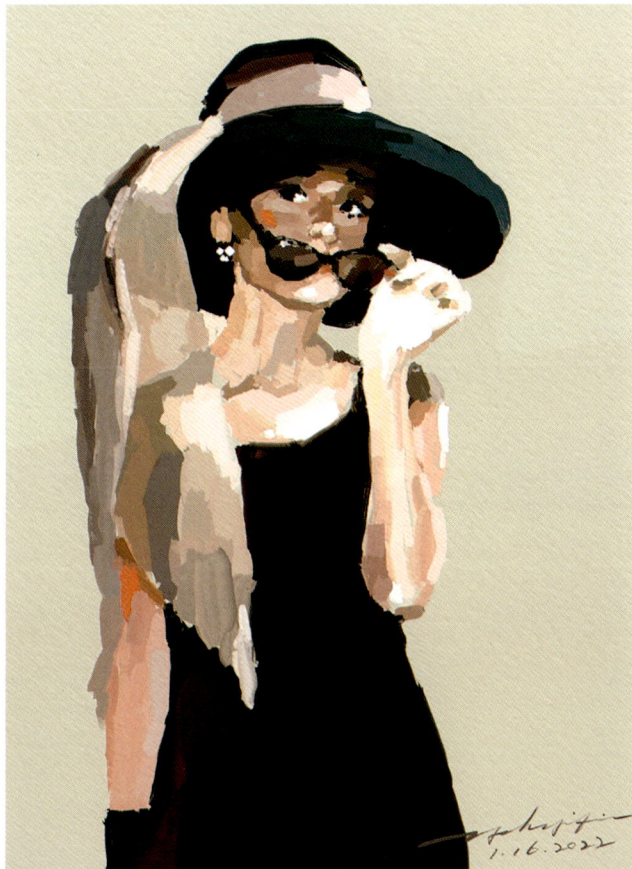

阅读成时尚，书海任徜徉。
唤醒青春梦，人生路漫长。

藏书印

颠勺油火蹿，厨艺非一般。
煎炒烹炸烩，中华美味餐。

有好都能累此生
临刻篆刻大家邓石如印

捣练子·吉他手

十指舞，六弦弹，大小珍珠落玉盘。
喜悦忧伤琴韵里，吉他陪伴勇向前。

吉 梦

如梦令·金发妙龄

金发妙龄颜好，潇洒悦人容貌。
墨镜隐明眸，嘴角朱唇扬翘。
微笑，微笑，幸运福星高照。

本 真

涂唇墨镜戴，短发自飘然。
玲珑人秀美，八成是演员。

一 技
临刻篆刻大家汪泓印

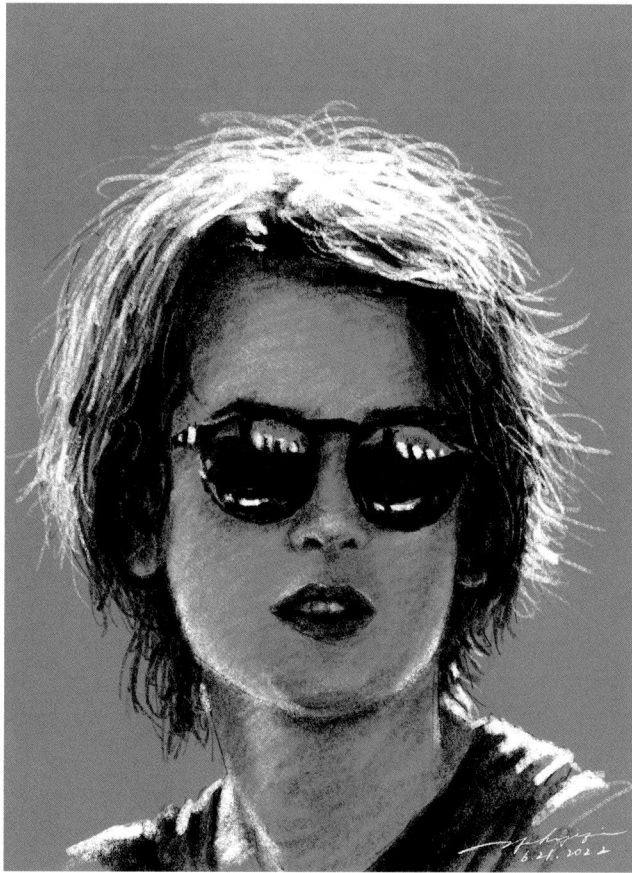

生灵

一

黑鼻湿又软，胡子短而稀。
熟睡舌微吐，呆萌态可掬。

犬画

毛长黑又亮，眼露一丝愁。
名犬因何恼？主人不伴留。

身着蓝花袄，仰卧沙发床。
睡眼红舌吐，香甜入梦乡。

知足为福

眯媚眼，咧嘴笑。
萌犬汪汪爱拍照。
倘若人晓动物语，
世间将有多美妙。

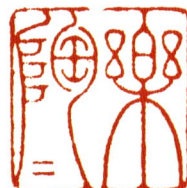

乐陶陶

萌萌兔耳犬，抚爱解心烦。
乖巧通人性，相陪共苦甘。

大爱无疆

鼻头油亮亮，两眼墨黢黢。
额发梳梳好，乖乖万人迷。

不动心

褐耳白身犬，相陪已数年。
聪明极懂事，心照不须言。

理得心安
临刻篆刻大家赵之谦印

双足趴横木，爱犬头探栅。
脉脉焦急目，殷殷盼主还。

徘徊瞻眺

貌丑态呆萌

著名法斗犬，貌丑态呆萌。
身短呼噜响，深深护主情。

守静笃

潜行身矫健，绿目闪侠光。
巡夜防贼鼠，花猫警长当。

闲者便是主人

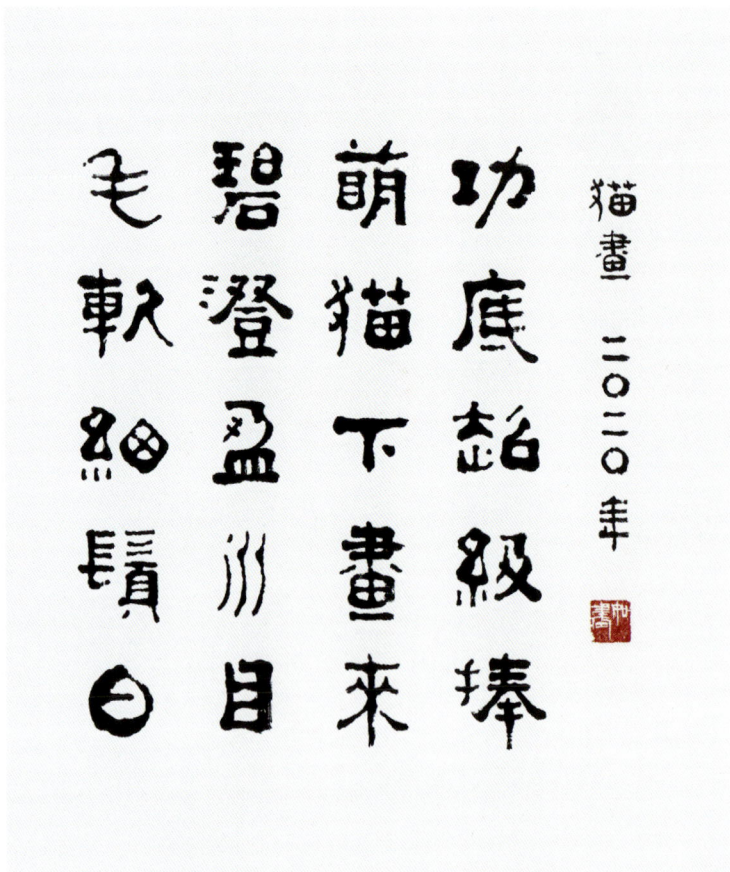

猫画

功底超级棒，萌猫下画来。
碧澄盈水目，毛软细须白。

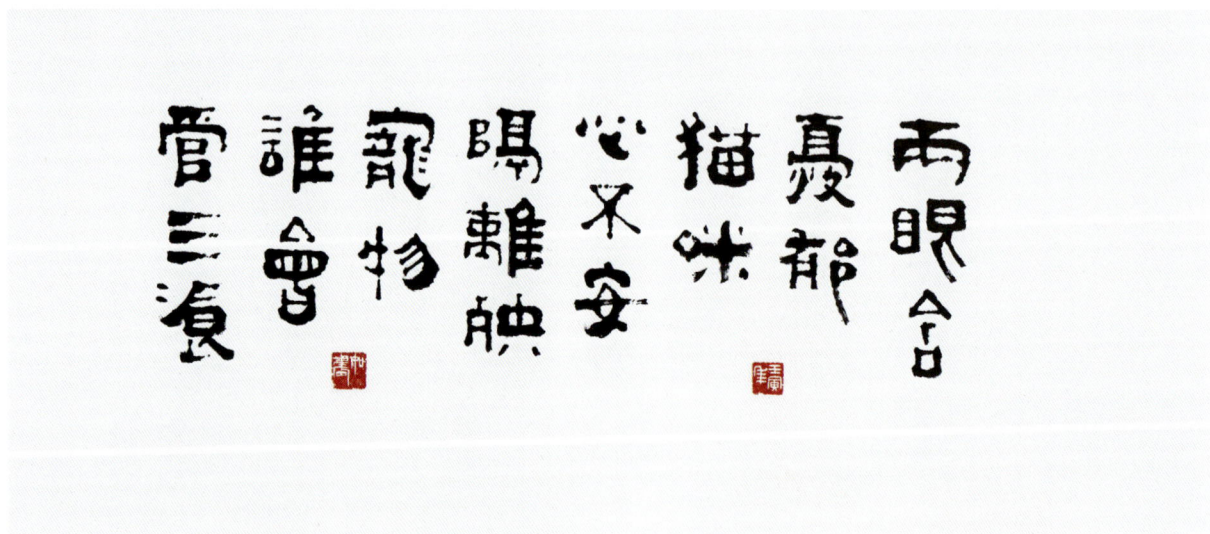

两眼含忧郁，猫咪心不安。
隔离殃宠物，谁会管三餐？

写我忧

黑褐白花袄，晶莹碧目澄。
斜身乖巧坐，顾盼百媚生。

顾盼左右求所倚

喜爬书架睡，常顾典籍台。
可爱人人宠，花猫小秀才。

拥书一室
临刻篆刻大家朱简印

雪地南极客，灰袍黑帽盔。
徐行摇摆步，翘盼父母归。

湖面生涟漪，天鹅飞聚来。
浓浓关爱意，何须辨黑白。

羽裳何美丽，湖影亦皎白。
幻见芭蕾舞，耳旁响老柴。

澹澹平湖水，粼粼碎银妆。
天鹅游弋美，白羽映霞光。

明湖栖俊鸟，我我以卿卿。
戏水相濡沫，悠然享太平。

黑喙扁，白绒茸，
初试划游碧水中。
羽翼一朝丰满后，
展舒双翅舞长空。

禽

纤颈高昂举，欢舒舞翅波。
圣洁而美丽，神曲向天歌。

神曲天音

天鹅浮碧水，纤颈舞娉婷。
抛却柴翁曲，黑白美难评。

荷禽图

翱翔张巨翅，凌锐聚鹰眸。
疾捕庚子鼠，恭迎辛丑牛。

鹰

翱翔张巨翅，凌锐聚鹰眸。
疾捕庚子鼠，恭迎辛丑牛。

新雁啄春泥

红冠红围嘴，白袍黑斗篷。
珍禽颜色美，造化自然功。

青配黑白羽，鸣声悦耳扬。
堂前宅后鸟，喜鹊寓吉祥。

吉祥鸟

如梦令·双鸟

白腹褐身蓝尾，黑眼黑足黑喙。

双鸟落石台，呢语情深成对。

珍贵，珍贵，莫负日和春媚。

双雀

疾馳如閃電　得此復何求

驍騂駿驥騮

良馬銅紅色

马

良马铜红色，骁骍骏骥骝。
疾驰如闪电，得此复何求。

影長

月高驥

憑馳騁

野闊

蹄揚

沙卷四

駿馬

蕭蕭黑

萧萧黑骏马，沙卷四蹄扬。
野阔凭驰骋，月高骥影长。

奔　马
意刻徐悲鸿水墨奔马

熊猫

自恋黑白影，乌萌大眼圈。
漂洋肩重任，国宝外交官。

乖巧灰松鼠，剥皮嗑果仁。
乐活家喂养，无意返山林。

鼠年大吉

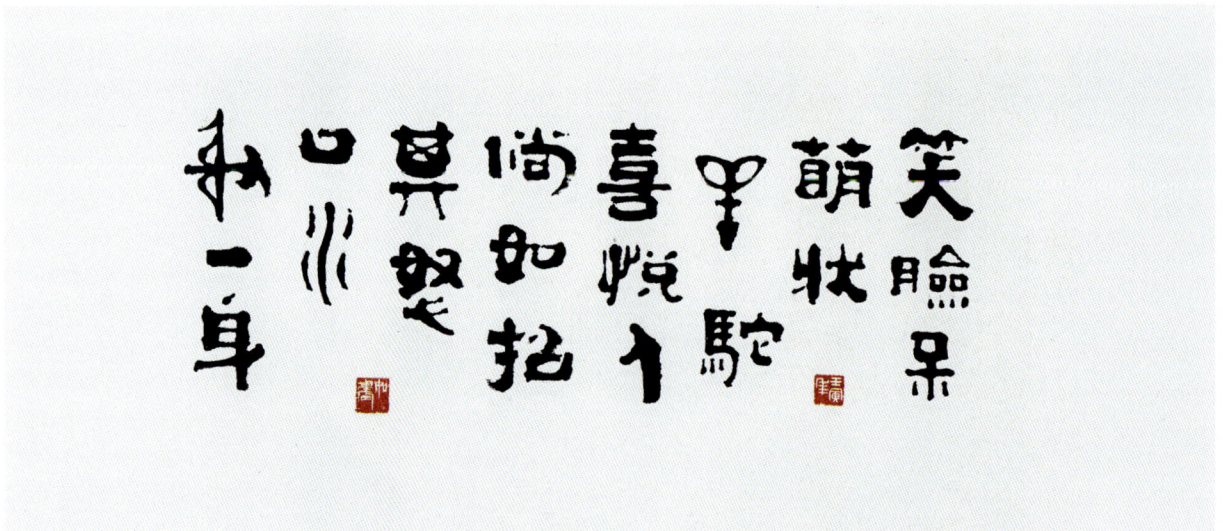

笑脸呆萌状，羊驼喜悦人。
倘如招其怒，口水射一身。

乐以忘忧

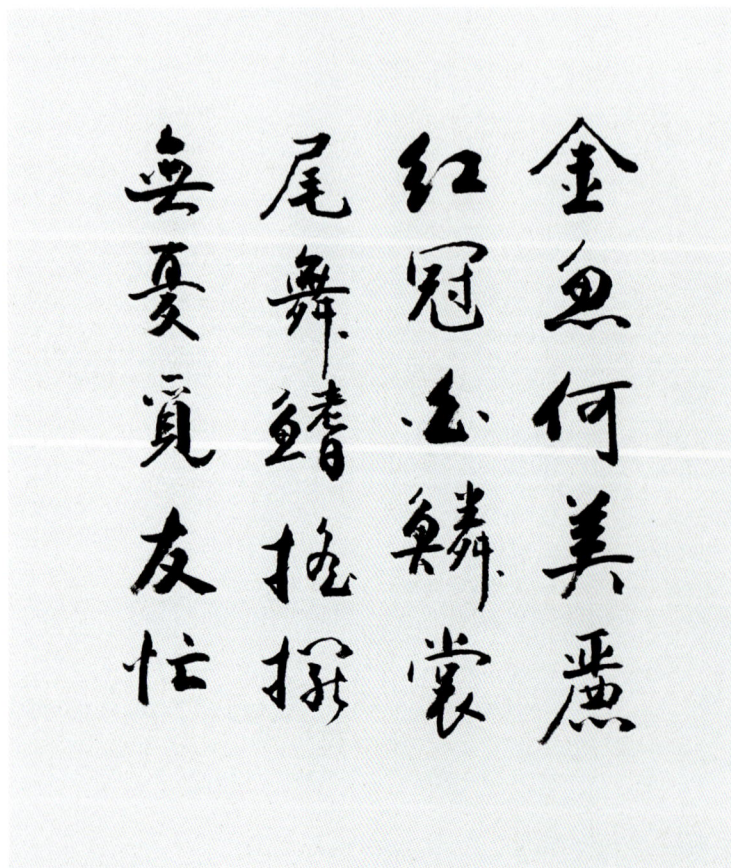

从吾所好
临刻篆刻大家文彭印

金鱼何美丽，红冠白鳞裳。
尾舞鳍摇摆，无忧觅友忙。

意境

一

山花多素色，淡雅散芬芳。
虽少娇妍美，幽香倩影长。

寒袭芳草谢，惟此绽花开。
红艳如仙种，何人信手栽。

柔风春日暖，绿柳细妆裁。
鹏鸟娇声唱，山花烂漫开。

柳绿花红

柔风春日暖，绿柳细妆裁。
鹏鸟娇声唱，山花烂漫开。

观兰心自清

盆栽勤换水，球茎速抽芽。
白瓣金黄蕊，幽香仅此花。

昨夜经风雨，百花依旧开。
艳香慰心脾，紫气自东来。

有德自然香

瓶养十余朵，嫣红大丽菊。
自然多馈赠，花美令神愉。

怒放

秋菊颜色好，幽馥引蝶来。
五柳东篱采，潘翁画里开。

修篱种菊

绿萝心状叶，源系所罗门。
易养洁空气，家家摆几盆。

似兰斯馨

野菊胭紫色，信手插蓝瓶。
明媚春光暖，花鲜影亦清。

活色生香

几朵黄玫瑰，浓馨漫客厅。
但如花所愿，常绽不凋零。

花 图

纯洁且幽雅，白色雀兰花。
次第开全后，仙飘似落霞。

大雅
临刻篆刻大家赵孟頫印

波斯菊花朵朵，艳美明丽灼灼。
飘过馨香阵阵，焕然生机勃勃。

一元复始万象新

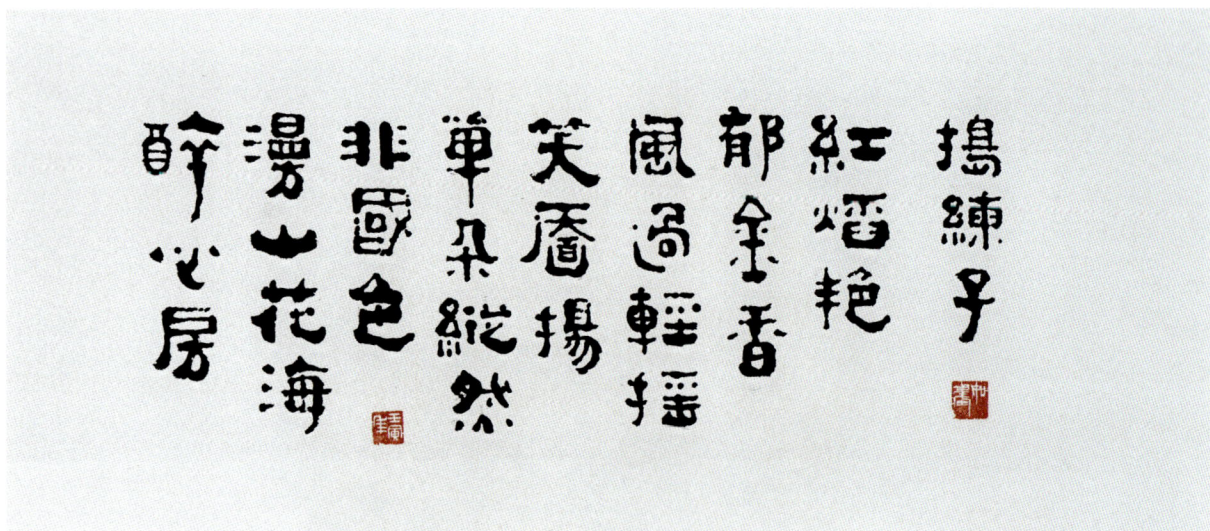

捣练子

红焰艳，郁金香，
风过轻摇笑靥扬。
单朵纵然非国色，
漫山花海醉心房。

一苑有花春画永
临刻篆刻大家陈豫钟印

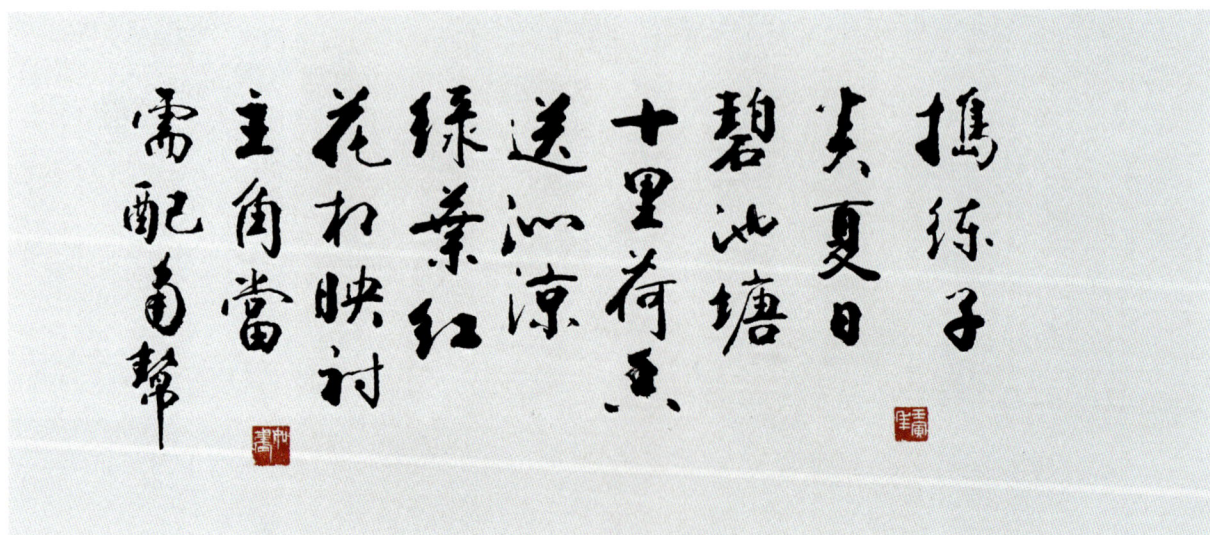

捣练子·炎夏日

炎夏日，碧池塘，
十里荷香送沁凉。
绿叶红花相映衬，
主角当需配角帮。

夏荷

猫儿身旁坐，海边看日落。
闪烁见繁星，锦天多寥廓。

春描白桦叶，嫩绿间鹅黄。
莫道无人赏，千晴不配双。

夕照红枫叶，残秋落满池。
欣欣生长后，绚丽曲终时。

风起浪花卷，潮激浪啸声。
拍石浪堆雪，映日浪飞虹。

多夸秋叶美，秋草亦缤纷。
黄绿橙红紫，蓬茅舞悦人。

福田心耕

大地奇图绘，梯田次第升。
霞天增彩韵，举世赞神工。

霞天织云朵，夕照苇花黄。
芦秆随风摆，柔韧亦坚强。

修身有节笑寒秋

池湾秋雨霁，碧水映低云。
枯苇夕阳照，晖染一片金。

听雨

苇枯银叶闪，秆挺斗雪霜。
冬尽春来日，蒹葭复苍苍。

流风回雪
临刻篆刻大家苏宣印

卜算子·江畔草青青

江畔草青青，点点流萤闪。
百载遭遇酷热天，今夏壬寅现。
河水半干涸，稼穑濒绝产。
祈盼秋风送雨来，万众愁眉展。

立夏

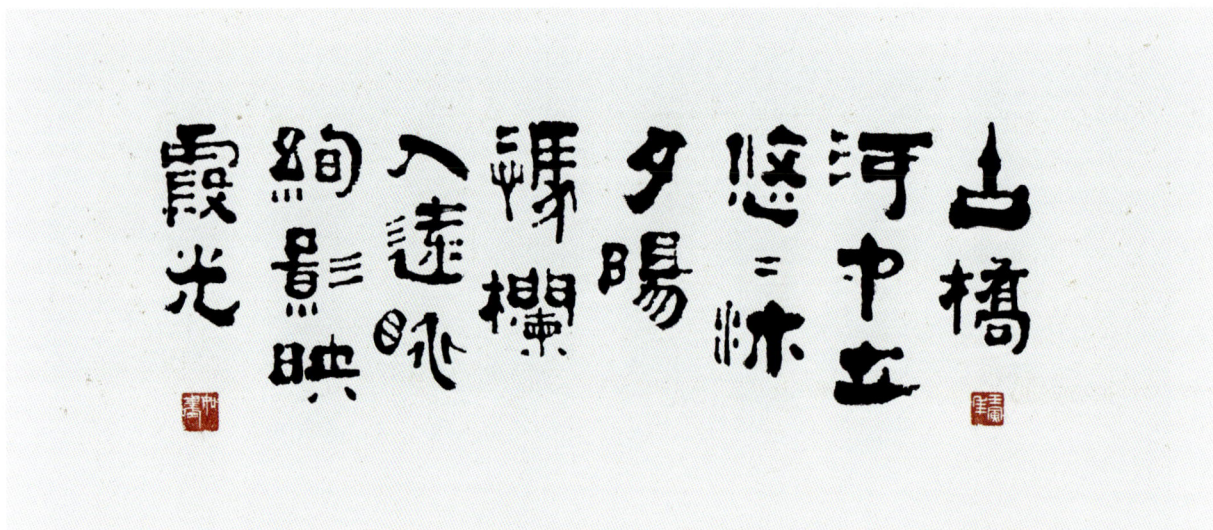

古桥河中立，悠悠沐夕阳。
凭栏人远眺，绚影映霞光。

怡心

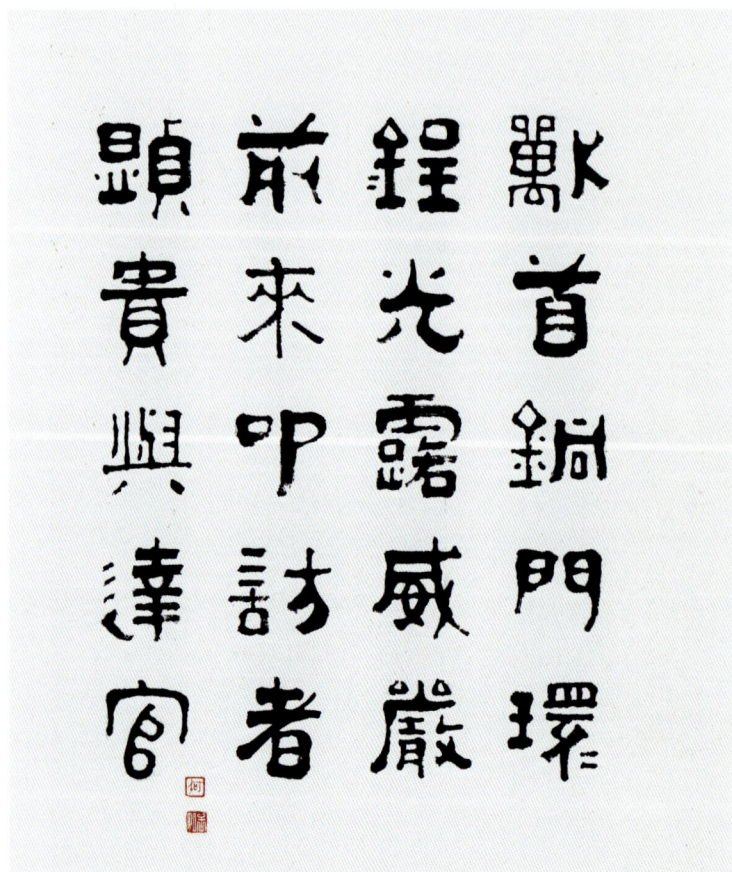

兽首铜门环，锃光露威严。
前来叩访者，显贵与达官。

重彩描傀面，青蓝赤紫金。
半边蝴蝶俏，迷倒眼前人。

铜壶磨锃亮，敬客煮三江。
摆盏勤问讯，新茶溢室香。

骨色瓷茶碗，层叠摞一堆。
客人服饮后，消洗过多回。

铮铮铠甲美，凛凛闪银辉。
剑影刀光后，征战几人回。

圆睁铜铃目，威武二将神。
护法驱魑魅，慈悲佑众人。

慈悲佛造像，精雕世遗存。
艺术多元美，珍藏继后人。

造像印

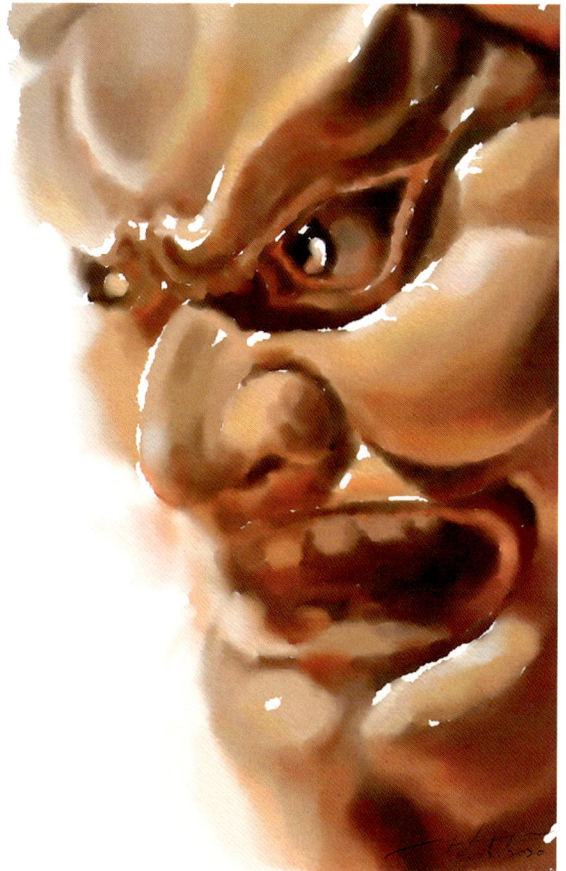

红船加倒影，水里一枝花。
变幻开合美，江风是玩家。

寂静小河湾，轻划独钓船。
明澄如镜水，映染彩霞天。

華麗岡多拉，孤獨系岸邊。
水城失歡鬧，寂靜令人憐。

華丽冈多拉，孤独系岸边。
寂静令人怜。

轻划荷藕处，叶密睡莲稠。
三两船家女，渔歌唱晚舟。

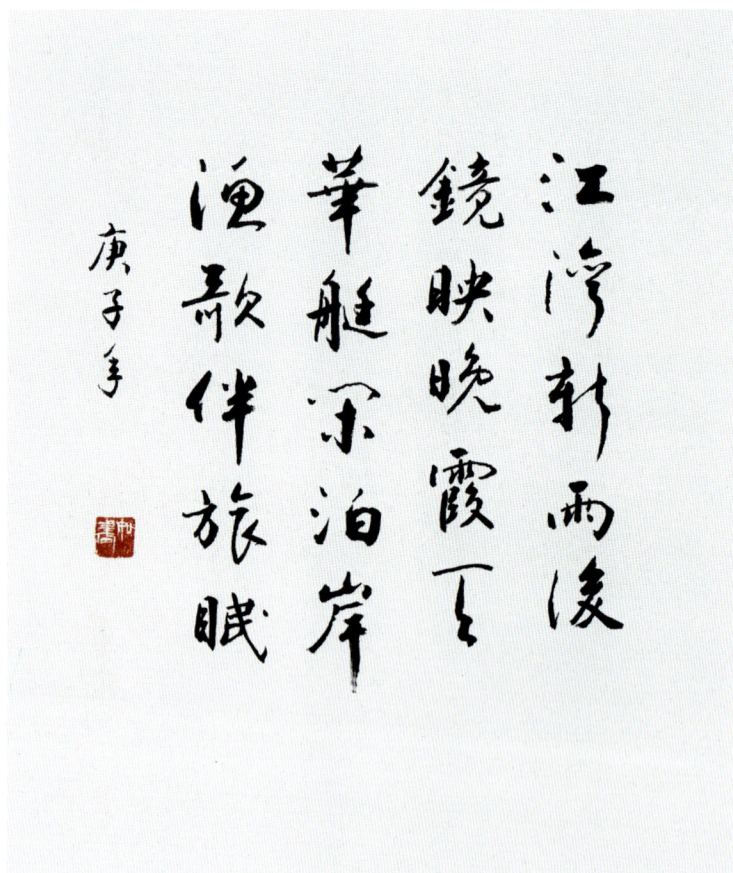

江湾新雨后，镜映晚霞天。
华艇闲泊岸，渔歌伴旅眠。

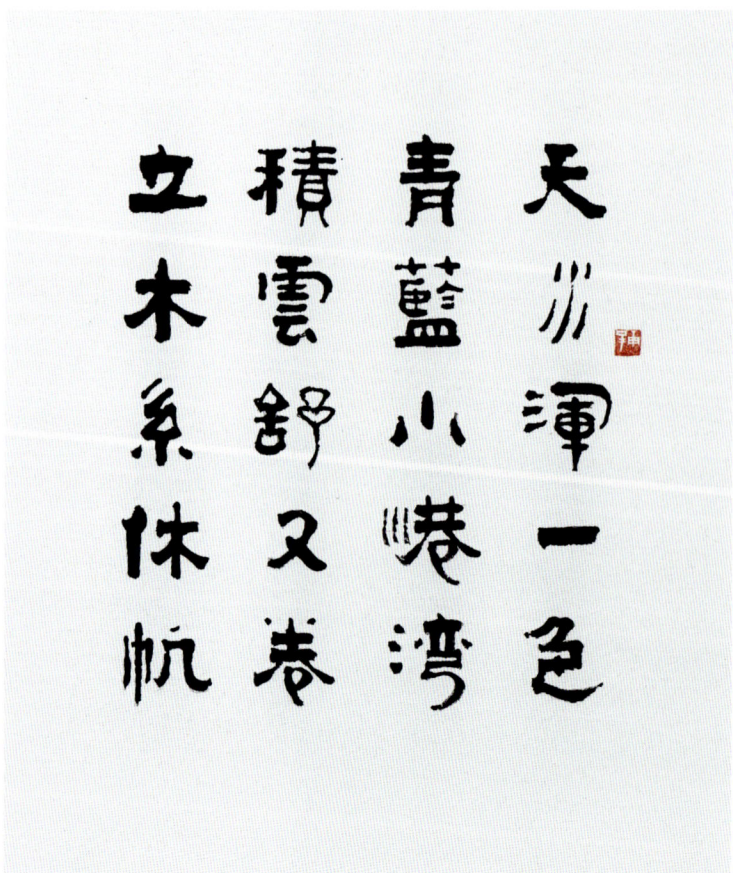

天水浑一色，青蓝小港湾。
积云舒又卷，立木系休帆。

河面渲霞彩，归程一扁舟。
橹摇轻吟唱，水上度春秋。

五名精壮士，端午赛龙舟。
劈浪争划桨，齐心战涌流。

孤残一栈道，散系两扁舟。
细浪粼光闪，波延水尽头。

江上孤舟

劈波冲碧浪，四桨五彪哥。
心力融一统，舟飞赛箭梭。

同舟共济

冬河冰碎处，独见一扁舟。
当效船夫勇，迎风战逆流。

中流击水浪遏飞舟

今日春光暖，墙边聚老哥。
层层围助下，棋战两三桌。

夜架红罗伞，餐桌摆巷头。
佳肴铺案满，筷下品春秋。

大雪平安夜，木屋透暖光。
稚童翘首盼，圣老送礼忙。

陋巷阳光暖，往来骑驾人。
心中怀梦想，天道定酬勤。

冬暮华灯上，天寒裹羽衾。
女郎牵爱犬，风雪夜归人。

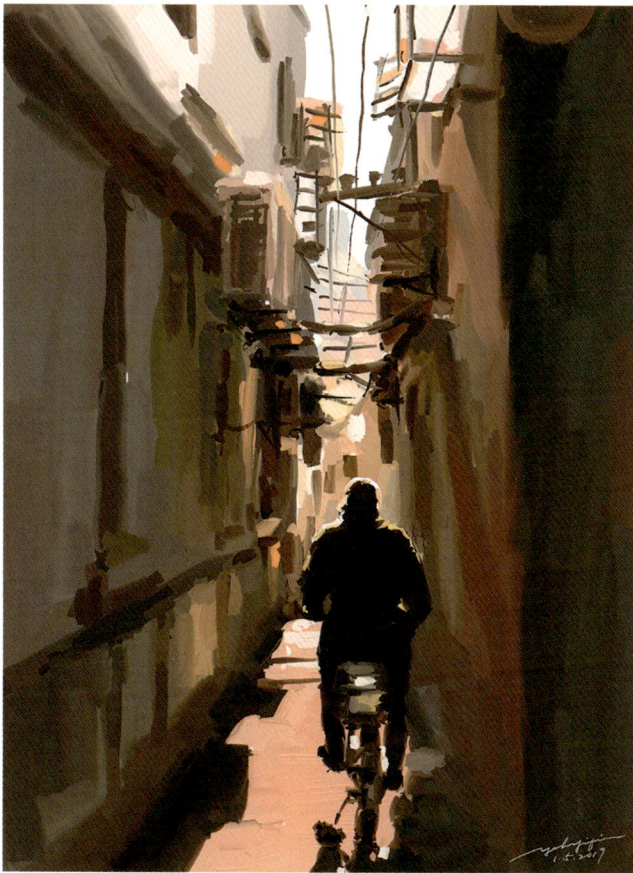

街巷陽光暖，溫馨甚可人。
但祈天護佑，冠疫莫來侵。

街巷阳光暖，温馨甚可人。
但祈天护佑，冠疫莫来侵。

蛰居为族馆，精美玻璃房。
泳舞迎游客，思归大海洋。

庚子年

蛰居水族馆，精美玻璃房。
泳舞迎游客，思归大海洋。

褐色朦胧夜，街灯点点稀。
小冠高杆树，坊店闪虹霓。

花衫牛仔裤，散晾一绳穿。
云淡风轻下，扶摇数彩鸢。

绿草如丝毯，围栏放牧群。
碧妆一树下，闲坐两庄人。

对弈东西坐，观棋莫作声。
楚河分汉界，鏖战巧排兵。

瑞雪打灯

栅木围农舍，素妆一片白。
银绫披野树，踏雪故人来。

京城一夜雪，大地换银妆。
执帚红衣女，寻车打扫忙。

大雪

夜雨街灯照，明浊泾渭清。
珠滴帘幕闪，别有一番情。

秋 雨

雨打玻窗淌，街人伞下行。
清凉消暑热，蝉噪转蛙鸣。

时雨濛濛

夏夜街灯下，石桌作弈盘。
相邀几发小，酣战比当年。

观棋不语

宽街连窄巷，光照暗明间。
画意臻诗境，铺石点点斑。

画中有诗
临刻篆刻大家陈巨来印

海滩椰树下，横木系绳床。
有女悠闲躺，拂风沐暖阳。

身放闲处

如梦令·牵手

牵手数十寒暑，风雨苦甘同度。
偕老到白头，翁媪扶挽相顾。
行路，行路，红伞雪乡薄雾。

长年

佳肴

一

葡萄红紫色，鲜美挂薄霜。
为酿香醇酒，心甘化果浆。

镌刻玻璃皿，棱折五彩光。
樱桃鲜又美，观者欲亲尝。

此果名哈密，黄瓠绿麻皮。
美汁香甜脆，老少咸相宜。

个个红通亮，晶莹琥珀光。
可如回忆里，味美并沙瓤？

蓬散青茅顶，金黄凸甲屋。
欲尝香美味，先将百刺除。

孤只搁案上，绿蒂彩红椒。
只为颜值好，分身配菜肴。

紫红石榴粒，盛满大匙羹。
几净生倒影，朦胧妙趣浓。

绿葡萄

晶莹如翡翠，鲜果置竹盘。
醉品葡萄味，神游吐鲁番。

珠果香甜蜜，红麻锦抱衣。
为博妃子笑，千里续奔蹄。

春华秋实

蜜桔南地产，甜鲜且多汁。
白络能消火，莫剥和瓣吃。

果珍李柰

此果名圣女，通红宝石光。
消食又开胃，劝君多品尝。

意刻秋果

绿蒂红珠果，鲜香入口甜。
好吃宜速买，莫看价标签。

卜算子·荔枝

　南国荔枝熟，妃子红颜笑。
　老树经年结异果，挚友心关照。
　千里寄情深，绿叶生鲜罩。
　核小汁多肉爽滑，极品皆称道。

　仙桃熟仲夏，红粉挂薄绒。
　大圣瑶池采，香甜美味浓。

秋果压弯树，蜜桔又丰收。
抬盘剥瓣摆，涎水任其流。

纷缊宜修

白芯香甜果，黄衣外甲包。
富含维生素，可口芝麻蕉。

修以心为本

圆而果粉
红颜祝寿
墙桃似蜜
甜此品本
应天上有
悟空偷采
落凡间

捣练子

捣练子·寿桃

圆扁果，粉红颜，祝寿蟠桃似蜜甜。
此品本应天上有，悟空偷采落凡间。

寿桃
意刻齐白石水墨图

咸酸平
强身
般好
常饮诸
泡佳茗
泉水
数片
青柠拮

青柠拮数片，泉水泡佳茗。
常饮诸般好，强身碱酸平。

留得青酸有用时

秋高雁归阵，红柿染层林。
撷采吉祥果，祈求事随心。

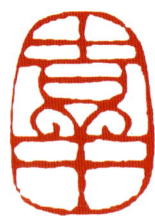

吉祥

捣练子·草莓

星蒂绿，草莓红，色美晶莹嵌浅坑。
滋味酸甜香爽口，四时浆果列前名。

净而不染

草莓柑橘瓣，巧拼水果盅。
茶歇台上摆，分秒被拿空。

并皆佳妙

西瓜

黑籽沙瓤仲夏熟，剖切覆膜置冰橱。
取来解暑尝一口，燥热心情顿畅舒。

平常心

捣练子·西红柿

西红柿，露台生，
遣兴宅家试务农。
浇水育秧勤护养，
喜观绿叶果实红。

宁朴毋华

自制草莓酱，玻璃瓶里装。
酸甜皆适口，色味诱人尝。

生来青紫色，烹制变通红。
美馔酎佳酿，中秋祝太平。

澹泊

薄体青瓷碗，雕花半透明。
内盛营养宝，蛋黄裹蛋清。

四枚茶卤蛋，香色味馋人。
每日吃一个，无关胆固醇。

皿体纯铜制，空芯架锅圈。
筒中燃炭火，汤滚涮食鲜。

新法腌鸭蛋，不含有害铅。
蛋黄油挂淌，蛋白不觉咸。

佳食不思肉

洗净横切片，腌生脆辣酸。
缀加一蒜瓣，开胃小碟餐。

盘箸纷纷笑语中

蛋裹炸虾垛，酱汁一侧搁。
味香合众口，名菜天妇罗。

等闲我被鱼虾误

冰糖葫芦串，平摆大瓷盘。
盛满儿时忆，尝前已淌涎。

再塑冰身惹梦驰

一锅红烧肉，色正味又佳。
入口香不腻，稀落撒葱花。

不可居无竹

照烧鸡肉块，码放米饭边。
南北咸宜口，中华美味餐。

盘中餐

出锅豆腐脑，青紫碗钵装。
浇卤加葱末，佳肴助健康。

不畏老齿催

捣练子·腊八蒜

白变绿，脆酸甜，翡翠晶莹佐美餐。
蒜瓣腊八糖醋浸，除夕家宴正开坛。

腊 八

調笑令

徐變二二
鴨蛋
改頭換面
黃白
由綠變青
金脂
玉漿見凝
凝見二二
皮內
松筆隱現

调笑令·松花蛋

徐变，徐变，鸭蛋改头换面。
黄白由绿变青，金脂玉浆见凝。
凝见，凝见，皮内松花隐现。

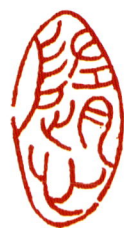

随 心

面包全
麥制
果醬
抹藍莓
營養
餐搭配
宜加
奶一盃

面包全麦制，果酱抹蓝莓。
营养餐搭配，宜加奶一杯。

知足乐

紫皮多瓣蒜，围绕抱柱芯。
倘为烹调故，衣撕舍离分。

同气连枝

捣练子·拍黄瓜

开胃菜，摆方碟，拍扁黄瓜滚转切。
盐醋麻油椒辣拌，美食爽口不难学。

心得所好
临刻篆刻大家徐三庚印

茶叶和鸡蛋，原来不相干。
浸汁烧卤后，绝配一冷盘。

执热愿凉

油炸臭豆腐，江南名小吃。
爱它下箸抢，怕它躲嫌迟。

俯察品类之盛

捣练子·红烧肉

肥瘦肉，寸方切，菜谱逐条仔细学。
晶亮浓香烧美馔，佐餐米饭味堪绝。

肆筵设席

南歌子·刀削面

美味刀削面，山西享盛名，
厚薄宽窄不相同。
大碗汤汁长面似游龙。

具膳餐饭

红瓢烤白薯，味美诱垂涎。
勾起儿时忆，寻香购路摊。

老少异粮

绘形兼绘色，笼屉摆餐桌。
细品汤包味，汁多用口嘬。

竹叶包粽米，清香扑面来。
年年祭屈子，家国挂胸怀。

耗时细熬煮，营养八宝粥。
可口香甜糯，稀稠看火候。

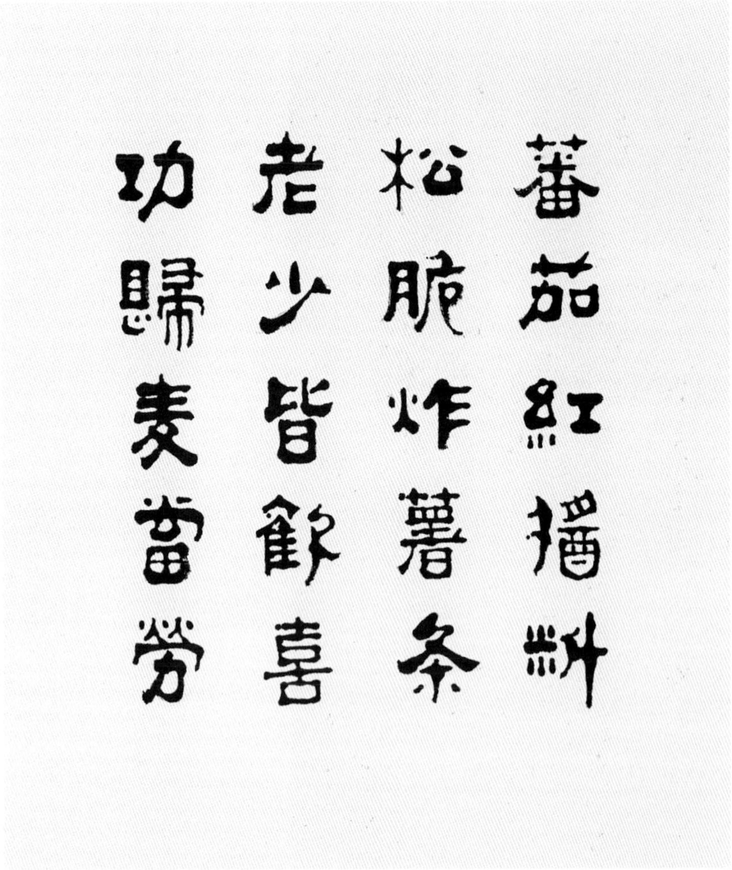

蕃茄紅醬料
松脆炸薯条
老少皆歡喜
功歸麥當勞

番茄红酱料，松脆炸薯条。
老少皆欢喜，功归麦当劳。

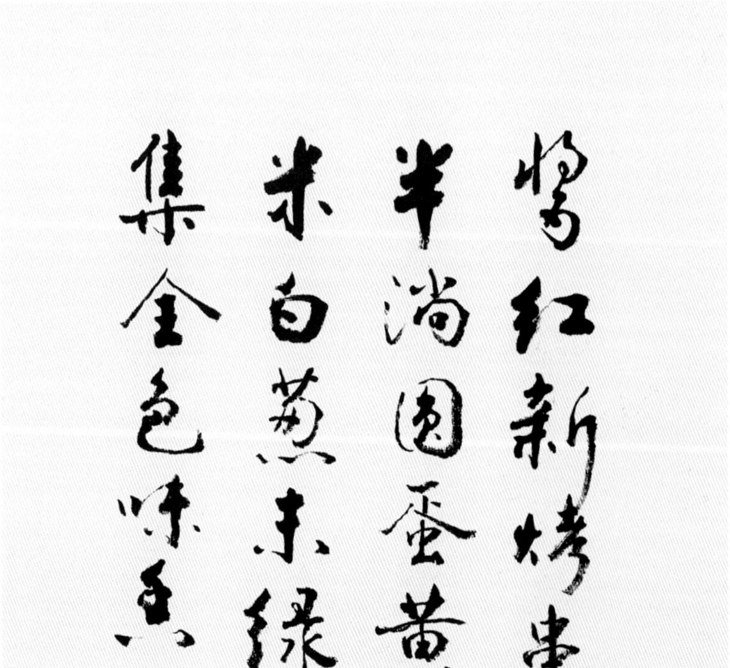

醬红新烤串
半淌圓蛋黄
米白葱末绿
集全色味香

酱红新烤串，半淌圆蛋黄。
米白葱末绿，集全色味香。

香脆葱花饼，酥皮两面黄。
网堂学手艺，快乐下厨房。

嚼得菜根百事可为

剥去尖毛壳，刺穿褐甲装。
糖砂翻炒后，板栗倍甜香。

煲仔饭铁锅烹
青菜番茄绿配红
浓淡适中汁味美
点只荷蛋缀当中

适口充肠

捣练子·煲仔饭

煲仔饭，铁锅烹。
青菜番茄绿配红。
浓淡适中汁味美，
点只荷蛋缀当中。

京味浇汁面，青花大碗装。
色香诱食欲，举箸速夹尝。

良久有回味

蒸扣梅菜肉，佳肴粤湘传。
诱食香不腻，开胃饭频添。

口福

宅家学厨艺，菜肉大馄饨。
荤素相搭配，汤鲜味诱人。

观品思言

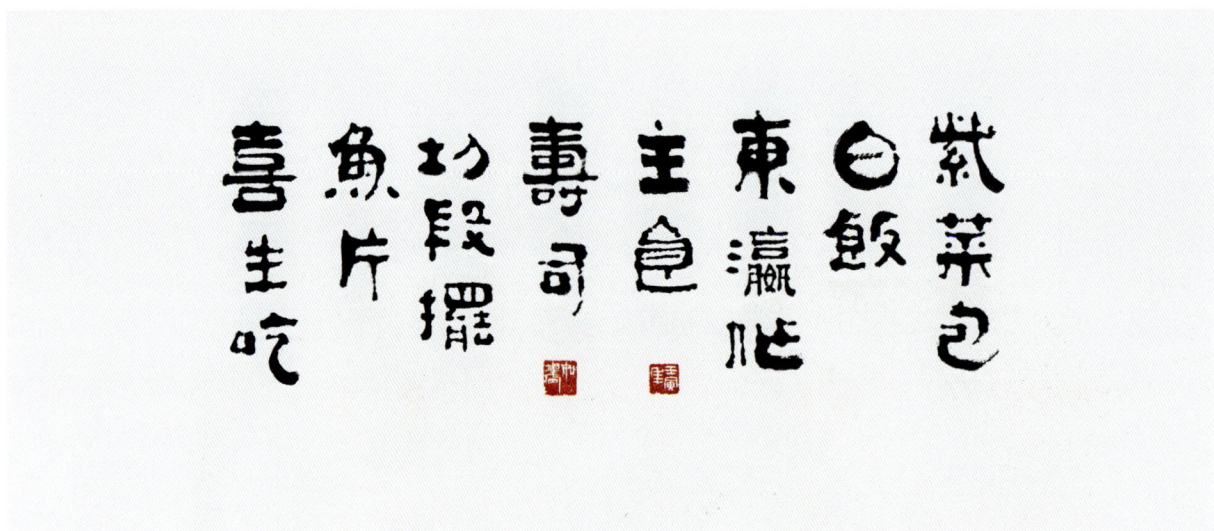

紫菜包白饭，东瀛作主食。
寿司切段摆，鱼片喜生吃。

称心还需三分生